KB056885

잃어버린 나를 찾아서

덕유 김연봉 지음

머문 세상
스쳐 간 흔적들
깨물지 말자

그냥

빗소리 가슴에 닿는
작은 낭만이었다 말하자

삶을 되돌아보는 것은
꽃나무를 심는 일이다
시를 쓰는 것은 꽃을 가꾸는 일이다.

아침에 일어나면
저녁에 쓸 시의 첫 자가 매달려
하나 둘 눈처럼 쌓이고 쌓여
가슴에 녹아 저민 사연들
머물 곳이 아닌 곳에 뿌려진 슬픈 빗방울들

삶의 애환 속에서 걸어 나온
목마른 언어들을 가슴으로 보듬어
하얀 여백에 심어가는 일
시가 완성될 때까지 수많은 우물을 팠다.

이제 애지중지 꽃을 피웠으니
인연이 있는 곳으로 흘러갈 일이다.

가다 보면 어느 허전한 화병에
한 송이 꽃으로 채워지면 더욱더 좋을 일이다.

2019년 꽃피는 봄날
무학산 방, 덕유 김 연 봉

contents

비어 있는 경로석
자격은 앉으라 하고
마음은 너 아직 청춘이잖아
어느새 갈등할 나이를 가졌나 보다

2부
그곳은 아직도 겨울

텅 빈 하늘
호주머니 속에 손 넣어 보면
비구름만 있는 건 아니야
하얀 구름도 참 많아

3부
흰 눈 같은 사람아

나, 너를 닮고 싶어
화로 하나 샀어
지금 내가 할 일은
잘 익은 숯불을 피우는 일이야

4부
향기로운 미련

고달프기만 했던 것은 아냐
가만히 열어보면
웃음꽃 향기 나게 필
그런 날도 있었으니까

5부
바람의 입맞춤

존재의 이유가 목마를 때면
훌훌 털고 여행을 떠나봐
가끔 툭 놓고 사는 것
더 담백한 내일이 올지 몰라

1부
기억의 오솔길

비어 있는 경로석
자격은 앉으라 하고
마음은 너 아직 청춘이잖아
어느새 갈등할 나이를 가졌나 보다

누군가 보고 싶다는 것은

문득
지나가는 바람에 기대
떠밀리는 대로 걸어
마치
약속이라도 한 것처럼
무작정 찾아가는 일입니다

잊으려 하면 할수록
머리칼 흐트러지고
만나려 하면 할수록
가슴이 질퍽이기도 하지만

대숲에서 들려오는
쓸쓸한 바람의 노래를
때론
아름답게 들을 일입니다

누군가 보고 싶다는 것은
희뿌연 눈물로 자라기도 하지만
혼자 토닥이는 낭만이기도 합니다

일출

새벽잠이 매달리는
천근 눈꺼풀
때 묻은 눈으로는
차마 볼 수 없는 씻은 기다림

이윽고
저 수평선에 기대있는 구름을
발갛게 물들이며 솟구치는
無言의 강렬한 기운
己亥 年 日出

뭔지 모를 뜨거움
단전에 모여
저문 한 해, 난타처럼 스쳐 간
숱한 소리 걷어낸다

해풍이 에이게 매섭지만
감동으로 데워진 훈훈한 가슴
잔잔한 흥분을 동해에 심어놓고
가벼운 발걸음 새해로 걸어간다

벗어둔 옷을 찾아서

가을 햇살은 겹무늬 비단
구름은 숙련된 재봉사

갈바람 움켜 주름잡아
기러기 날갯짓으로 박음질하면

한 벌
야한 노을을 차려입은 강물이 되지

밤을 익히는 귀뚜라미
온몸으로 달빛을 키우면

나는 간다, 기억의 그 오솔길
벗어둔 옷을 찾아서

그리움에 젖은 마음
만지작거리며 가을밤을 간다

나는 간다,
기억의 그 오솔길
벗어둔 옷을 찾아서

동병상련

바삐 서두르지도 않았는데
성큼 다가온 황혼 의자

젊은 날엔
두 다리가 의자였는데

이젠
등짝이 참 서러운 의자가 되었구나

세월의 흔적 파고들어
덜그럭거리는 의자를 살펴보다가

문득 돌아보니
아직은 햇살이 떨고 있는 봄이지만

매화꽃 곱게 피워낸 저 늙은 고목
허공에 분홍 의자 하나 내어 주는구나!

길

햇살이 비쩍 야윈 걸 보니
가을도 기우나 보다

얼마 남지 않은 머리카락
쓸쓸한 갈대 그림자

노을이 웅성웅성하는 소리
서걱서걱 바람의 뼈가 보인다

언덕 고랑에 모여 서로에게 기대는
강마른 늙은 기침 소리

그 화려했던 전설은
사람들 가슴에 붉게 각인되어

질펀히 사랑받다 추억되는 그 자리
나와 그리움을 이야기하고 싶다

꽃길과 벼랑

사랑과 이별은
하나의 벽을 사이에 두고
침묵으로 공존하는
꽃길과 천길 벼랑

사랑은
두 눈에 꽃이 피는 것
사랑은
심장의 노을이 번지는 것

그 너머
어둠이 찾아오면
슬픈
이별의 달이 뜨지

이별은
벽을 사이에 둔
허공의 눈물이 되는 것
너와 나 사이 강물이 되는 것

젊은 무덤

가을비 속에는
미처 씌워주지 못했던
노란 우산의 이야기들이 보인다

그 흔적 그치면
나뭇잎 이슬에 젖어
다 붉지 못한 그리움도 보인다

갈대가 다 진
시월의 언덕 위에서
슬픈 바람의 노래를 들으면

한 점 흰 구름에 비친
구슬 같은 눈물 닦아내는
그녀의 하얀 손이 보인다

누가 부른다

어둠 속 누가 나를 부른다
희미한 불빛에 묻힌
바닷가 녹슨 의자에 앉은 그일 것이다

어둠 속 누가 나를 부른다
거친 파도 소리에 묻어
폭풍처럼 건너온 바람일 것이다

못난 것은 못난 것끼리
소리소리 지를 것이다
낯설지 않은 길만 어찌 걷겠느냐고

문득
내 어깨를 툭툭 치는
굵은 빗방울

그를 안고
한바탕 긴 고함을
갯바위 밤 울음에 섞을 것이다

하회탈

남자는 태어나
두 번만 울어야 한답니다
태어날 때 한 번 부모상에 또 한 번

두 눈엔 슬픔 가득한데
얼굴은 하회탈
어금니 맷돌 되어 서러움이 갈립니다

등 뒤에 얹힌 무게
태산 같은데
남자라는 이름만으로 목이 조여 옵니다

다친 미소 병들어
패인 주름 파고들면
하얀 그늘에 숨는 것도 한계가 있소

나 진정 울고 싶을 땐
내 모습 다 감춰질 하회탈 뒤에 퍼질러 앉아
눈두덩 불어터질 만큼 펑펑 울어야겠소

나 진정 울고 싶을 땐
하회탈 뒤에 퍼질러 앉아
눈두덩 불어터질 만큼
펑펑 울어야겠소

약속

그리움 두세 걸음
참아내던 계절이었지

약속의 이별도
저리 붉은 눈빛이었지

저만치 걸어오는
어둠 사이사이

소쩍새 울음소리
별빛을 물어 나르면

저 멀리 그 사람
홀연 나타나려나

어둠 속 묻힌 언약
허전한 나무들의 헛기침

갈대의 몸을 안고
슬피 우는 바람 소리에

이 가을
가슴이 무너지겠다

가끔 열어보고 싶은

모란은
나 같지 않은가요
향기로운 울음 운 적 없나요

비바람 꽃대 울어
울적한 마음 포개지고
썰물처럼 비틀리는 떨쳐내지 못한 흔적

마음 깊이 뿌리내려
붙박이 된 추억
입 다문 외침으로 그 꽃을 불러보면

메아리 부메랑 되어
묵은 세월 끈끈하게 매달린
허전함이 꿈틀거려 아파옵니다

잊어야지 하는 빈말 속에
잊기 싫은 미련은
가끔 열어보고 싶은
모란의 흔적이 숨 쉬는 서랍이겠지요

투석

떨어지는 한 잎의 낙엽
누구에게는
작은 낭만이기도 하겠다

하지만
그 누구에게는
또 한 계절 스러지는 아픔이겠다

멈추지 않는 시간
한 겹 두 겹 쌓이는 슬픔
눈안개 그렁그렁 맺힌 병원 길 그 환자

매운 겨울 지나고
버들강아지
봄을 물고 짖어대는 어느 따스한 날

하늘의 인연 닿아
간절한 소망 하나
이식될 수 있다면

소리 없는 외침
하얀 이슬에 젖은 가슴
아마도 희망의 꽃씨를 뿌리나 보다

잃어버린 여유

어디서 잃었을까
나에게도 분명 여유가 있었는데

아늑한 호숫가에 앉아
낚싯대 드리우면 낚을 수 있으려나

불심 깊은 노승께 여쭈어보면
혹, 길을 알려 주시려나

삶에 지친 인생들
소주병이 마셔버린 저녁

어느 취객의
거침없이 질러대는 새빨간 깡통 입담

내 술잔에 섞어
이 밤을 마시면 깨달아 질려나

역설

허虛가 아닌 허虛
내我가 아닌 나我

가슴 밖의 말
꽃비 내리면 깨치려나

짓궂은 바람
말없이 껴안은
저 낙화의 무심한 날갯짓

시간만이 아는 길
대답 없는 그 매운 길을
묵묵히 쓸고 있는 내 그림자

2부

그곳은
아직도 겨울

텅 빈 하늘
호주머니 속에 손 넣어 보면
비구름만 있는 건 아니야
하얀 구름도 참 많아

주먹만 한 수제비

주린 배 움켜쥔 어린 시절
할머니는 뒷산 구름을 반죽해
뭉텅뭉텅 뜯어
주먹만 한 수제비를 끓여주셨다

영문 모른 나는
할머니는 수제비를 얇게 할 줄 몰라
그때마다 투정을 부렸다

보릿고개 졸라맨 그 시절
손자를 조금이라도 더 많이 먹이고 싶어
할머니 마음을 뭉텅뭉텅 뜯어
주먹만 한 수제비로 만드신 것을

내 고향 진다리에 가면
동네 어귀까지 마중 나온
할머니 향수가 나를 껴안는다

할머니 산소 그 하늘 위에 떠다니는
주먹 수제비 닮은 저 뭉게구름은
못난 손자 반기는 참 보고 싶은
내 할머니 마음이 틀림없다

주먹 수제비 닮은
저 뭉게구름은 참 보고 싶은
내 할머니 마음이 틀림없다

촛불

가슴으로 타는
붉은 눈망울

그 함성의 의미를
전하기 위해

온몸을 다 녹여
낮은 눈물 흘릴 때까지

아스러지는 몸짓
고독히 아름다울 것이다

여우비

살짝
비껴간 운명

소낙비
우는소리 짙을 때

어느 언덕 아래
잃어버린 반쪽의 거울

시간이 걸어간 길목을
지나가는 바람처럼

미처 붙들지 못할
짧은 스침이어도 좋으련만

행여 하는 바램
가슴에 여우비 내린다

비가 내리면
젖고
바람이 불면
흔들려

구름의 고뇌

여의도 하늘에서
웃통은 왜 벗니
누런 이끼로 가득한
세상풍경
답답해 그러니

도덕성이 먼발치에 머무는 나무마다
마구마구 낙서해대고 싶어
머릿속은 온통 의문부호 가득하겠지

눈썹 치켜 올라간 바람 허리춤 잡고
물 폭탄 터트려
어긋난 잡초들 확 말아버리고 싶겠지

쇄골 뼈 드러내놓고 흥분한들
너 혼자 뭘 지킬 수 있겠어
꽃들을 가르친다고 해결이 될까

그냥 한번
푸른 하늘 노래하듯 시원히 뿌려봐
그럼 시냇물 종아리 통통하게 살찌고

목마름에 지쳐
북한산 하늘만 바라보는
민초들의 환호 소리가 널 알아줄 거야

노숙자

습기가 만져지는
바람의 계단 아래
저 어두컴컴한 몸부림

가로등도 안타까운 듯
작은 가슴팍 웅크린 채
가늘게 흔들리고 있다

밤새 주절주절
돗자리 틈새를 파고드는
잃어버린 그 옛날이야기

폭염에 갈라져 타버린 기억
아무리 적셔도 뛰지 않는 심장들
아, 목 늘어진 봄, 언제 오려나

허 허

세 치 혀가
세상을 흔들고 있다

세 치 혀에서
꿀물이 줄줄 흐른다

바벨탑
그까짓 거 단번에 세울 수 있단다

젖은 살림 헐렁 주머니
꽉꽉 넘치게 채워 준단다

선거 때만 되면,

나무 찧던 딱따구리
속 터져 속 터져 구멍만 커진다

무궁화 꽃

여의도엔
겨울에도 무궁화 꽃이 핀다

여의도에 심어만 놓으면
활짝, 저희끼리 잘도 핀다

세금 구덩이에
단단히 뿌리내린 무궁화 꽃

여의도에 심어 달라는 몸짓
잔뿌리 그 끝까지 진실이 묻어 있더니

그 화려했던 약속들은 치매가 되어
까맣게 잊어버린 무궁화 꽃

아무리 세찬 바람 불어도
제초제를 뿌려도
거짓말처럼 다시 살아나온다

여의도 밖엔 살얼음 세상
배고픈 꽃대들 추위에 떨고 있는데

무궁화 꽃들은
따뜻한 햇볕을 저희끼리만 갖고 논다

切除

연향 조심해라
치맛바람 살랑
배시시 웃는 그 고혹적 웃음

그 살내음
코끝으로 몰려오면
물속에 처박혀 정신 못 차린다

낮달 가슴 주물이다
연못에 빠져 허우적대는
저 구름 놈 꼬락서니 봐라

연잎 위에 엎드려 큰 눈알 굴리며
힐끗 힐끗 꽃잎 속 기회만 보는
저 청개구리 손모가지 좀 봐라

연잎 위에 엎드려 큰 눈알 굴리며
힐끗 힐끗 꽃잎 속 기회만 보는
저 청개구리 손오가지 좀 봐라

별이 떨어진다
(노무현 전 대통령을 추모하며)

만일
하늘의 눈물 양이 정해져 있다면
이 저녁 반은 비웠을 것입니다

그 나머지 반은
저 못물이
꼭 울어야 할 때입니다

하지만 오늘만은
한 방울 남김없이
다 쏟아 주었으면 좋겠습니다

무거운 마음과 이야기하던 달빛
어깨를 토닥이며
나직이 말해 주었습니다

그는 아마도
떠나야 할 때를 알았던 것 같다고
눈물의 온도가 자꾸만 자꾸만 높아져 갑니다

먼 곳, 어디 별 하나 슬퍼 눈을 감았나
밤하늘 가로 긋는 유성 하나
말 없는 부엉이바위 위로 속절없이 떨어집니다

그리움 하나

술병에 담겨있는
그리운 그 얼굴

그 모습 쏟아내어
술잔 위에 띄우면

베인 듯
가슴 아린 것은

나만이 아닌
떠난 눈물도 갔겠지

이 밤 아니 잊히는
그리움 하나

아야

코스모스 허벅지
자꾸 꼬집어 봐라

아야,
붉은 소리 날끼다

가슴팍이
불붙은 거 멘치로 뜨거운 건

비겁한 바람에 붙어 무운
너거 때문인기라

코스모스 가슴에 불나면
너거도 크게 딘데이

퍼떡 피해뿌던지
아니면
멍든 허벅지 좀 살펴 봐래이

친구야

저 멀리 보이는 너의 불빛은
무얼 안고 살까
그곳에도 사연들이 익어가고 있겠지

천년을 태워도
바래지 않는 별빛
상처받은 가슴을 안아 주지만

거부할 수 없이
절망으로 닥쳐온 운명 앞에
울컥 내뱉는 그의 절규

머문 세상 너 아직 한창인데
빗물 따라 토해낸 보내는 슬픔
옹이 같은 아픔으로 남아 숨 쉬고 있다

매화

너거, 사람한테
갑질 배우지 마래이

찬바람도 2월쯤 오면
고개 안숙이나

한치 앞도 알 수 없는기
인생인기라

權不十年
花無十日紅

텅 빈 푸른 하늘
호주머니 속에 손 넣어 봐라
하얀 구름 참 많은기라

포토라인
(VIP, 검찰 포토라인에 섰을 때)

흔적을 찾는 사람
흔적을 숨기는 사람
시간 속에 다툰다

손님처럼 찾아온
봄날
꽃 멀미하기 전에

나는
대들보로 쓸
곧고 바른 대나무나 베러 가야겠다

善行

고단한 땀방울들
쉬어가라고

햇볕 막아선
늙은 느티나무

그 선한 그늘에 앉아
나를 되돌아보면

마음에 바람이 새는
거미줄같이 엉성한 그늘

기대지 못한 소리
고개 숙어 졌구나

아~
구멍이 숭숭, 허접한 가슴에
山寺에서 들려오는 긴 소리 가슴을 파고든다

3부
흰 눈 같은 사람아

나, 너를 닮고 싶어

화로 하나 샀어

지금 내가 할 일은

잘 익은 숯불을 피우는 일이야

석류

넘치게 담은 가을
영글어 터진 가슴

옷깃을 살짝 열어
익은 속살 보여주면
난 어쩌란 말이냐

붉은 수줍음
새콤한 향기 되어
내 마음 훔쳐 가 버렸네

알알이 간직한 유혹
누구를 기다리는지

알 듯 모를 듯
비밀의 신혼 방처럼
순결한 옷고름 풀어 놓았네

황금빛 노래

오늘은 참 행복한 날
그러나
가슴은 자꾸만 울컥거립니다

그 까닭은
도란도란 옛 추억 나누는 이야기 속에서
처형의 말씀을 통해
내 가슴에 안겨 온 가슴 먹먹한 사랑 얘기

우리의 만남을 불허하시던
장모님 치맛자락에 매달린 아내의 눈물

"하루라도
그 사람을 못 보면 숨이 멎을 것 같아요
그 사람의 그림자만 봐도 좋고
그 사람의 와이셔츠 단추만 만져도 좋아요"

사십여 년 추억 속에 숨어 있다가
황금빛 노래가 되어
다시 태어나는 당신의 사랑
내 가슴 벅차 터질 것 같습니다
어떤 마음가짐으로
당신의 그 애틋한 사랑을 가슴에 담아야 할까요

하루라도
그 사람을 못 보면
숨이 멎을 것 같아요

보름달

얇은 허물 한 겹
벗겨진 마음에

그대 향기 한 움큼
스며들어와

사랑 멀미 저린 행복
영글어 가면

발갛게 익은 사랑
그대 몫이니

오늘 밤 그대가
참 아름답겠구나

萬感

크레파스 몇 통을
다 써 그려도 부족할 인생

바람이 불어도
슬픔이 너무 무거워
날아가지 못할 그림은 몇 장이나

세찬 비를 맞아도
씻기지 않을
찌든 색은 또 얼마나

햇살 맑게 쏟아져도
걷히지 않을 그늘

아~ 만감이다

꽃 방귀

뽀오옹~
두 돌도 안 된 손녀가
꽃 방귀를 뀐다

고사리 같은 엄지 검지로
콧구멍을 앙증맞게 틀어쥐고
도리도리한다

가족 모두 까르르
박자 못 찾는 손뼉들이
꽃밭에 자지러진다

손녀는 정녕 구린내를 아는 걸까
아~ 무심코 하는 어른들의 행동들
반짝이는 샛별 눈에 적나라하게 복사되는구나!

아내의 생일

이 밤!
그대를 위한
시를 쓰고 싶습니다

여름에 피어난 당신
그래서 붉은 마음
가득 한가 봅니다

미안하다는 말
앞서는 건
못난 나의 변명입니다

두 아들
한 남자 사이
늘 젖어있던 그 손

두 손 부딪는
진심의 언어를 담아
불러보는 나의 노래

인연 된
그날의 약속을 매만지며
그대만의 시가 되고 싶습니다

미안한 사람아

인연으로 만나
외로운 길 걸었어라

못난 사람 옆 지기엔
양지도 숨었어라

미안한 사람아
시렸던 사람아

어설픈 손짓
멍울 가슴 달래보니

삶의 무게 쌓인 등
눈물에 젖었어라

뒤늦은 선한 사랑
아렸던 당신 마음

한 줌 연기 없이
한 줌 거짓 없이

따뜻이 데울 것을 약속합니다
내 심장이 멈추는 그 날까지

인연

바람의 몸짓으로
노을에 기대어

가을 소리 수다스러운
들녘 야생화

작은 음성 들릴 듯
분주한 꽃잎들

그 손짓 그 향기
벙글어 안아

삶이 고달프다
말하지 말자

희끗희끗 스쳐 간 사연
깨물지도 말자

기왕에 만날 인연들
꽃향기가 되자

갓바위

매달린 연등
소원 불 밝히고
반야심경 불공 소리 잠 못 드는 산사

모진 비바람에도
단 한 번도 잃지않은 자애로운 미소
천년을 안았다 약사여래불

쉴 새 없이 빌고 비는
불자들의 닳아질 손금
정성이 닳는 꿇어진 무릎

염주 한 알 넘기며 일 배
삼천배 이루면
임 마음 뵐 수 있으려나

부처님 말씀
한 구절 한 구절
차곡차곡 가슴에 담아

큰 숨 모아
세속에서 묻은 때 참회로 뱉어내면
그것이 바로 참된 歸依가 아닐는지

---

* 귀의: 부처님께 돌아가 의지하다, 바친다

배려

목에 걸린 수건에
매달려 따라간 땀방울
정신력으로 버텨낸
기름기 빠진 늙은 관절들

작은 신음에도
마음 아파할까봐
그리 크지도 않은
지친 된소리를 꿀꺽 삼키는 것을

나는 압니다
당신이
숨기는 것도 보았습니다

그것이
배려라는 가슴을 가진
사랑이라는 것을 잘 알기에
나 역시 그 향기를 피우고 있습니다

현대 의학도 앵무새 된 나이
그래도 내일은 우리
병원 한 번 다녀옵시다

단풍

돌고 도는 사계
가을이란 이름으로
만나야 할 운명에 익었다

자유로운 색채를 두르고
서로 먼저 나서려는
홍조 띤 부끄러움이 살포시 목을 내민다

어느 집 액자로 시집을 가서
계절과 관계없이
평생을 가을로 살아갈까

맞선보는 사진기 앞에서
햇살 화장 짙게 하고
익은 가슴 흔들며 갖은 교태를 부리는 단풍

별

들꽃같이 청순하던 당신
당신을
처음 만났을 때의 느낌입니다

부족한 나로 인해
속 썩어 야윈 가슴
당신의 청춘을 훔쳐 세월에 주었네요

나의 투박한 행동은
늘 당신의 눈물이 되었지요

난 폭우 뒤
흙탕물같이 거칠게 휘돌아
당신의 바다를 휘저어 놓았습니다
꿋꿋하게 견디며 날 안아준 당신
난 별이라 부르고 싶어요

이제부턴
당신이 강물 되어
내 바다에 안겨 보아요
비록 넓지도 않고
깊지도 않을지 몰라요
파도가 잔잔하지 않을 수도 있어요

설익은 내음 나더라도 돌아보지 말아요
언 가슴 녹일 포근함이 있을지 모르잖아요
하나의 베게 위에 두 숨소리 뉘어,
자주 해 주지 못한 말 사랑해요, 별

사랑해요, 별

흰 눈처럼

그 사람에게
흰 눈이 되고 싶다

그 사람 안에
행복을 뭉쳐주고 싶다

회색빛 세상
까맣게 타버린 슬픈 가슴

티 없이 맑은 순수로
하얗게 덮어주고 싶다

그 이름 석 자 만지면서
흰 눈을 받고 싶다

그런 집

별이 던진 작은 빛 하나
내 가슴에 스며들어 집 하나 짓는다

바람의 길을 역행하지 않는
풀들이 한쪽으로 누운 초원의 집

어김없이 찾아오는 아침
순리를 거스르지 않는 햇살이 사는 집

잘 포장된 내일의 몸가짐이
대문을 열고 미소로 배달되는 집

거리에 흔들리다가 어둠이 찾아들면
나의 길로 이어질 따뜻한 마음이 사는

바로 그런 집!

4부
향기로운 미련

고달프기만 했던 것은 아냐
가만히 열어보면
웃음꽃 향기 나게 필
그런 날도 있었으니까

空山

여보게나

오늘따라
노을 소리 유난히 붉어
황혼의 가슴을 익히지 않는가

우리
저 강가에 퍼질러 앉아
권주가 한 곡 불러보면 어떠한가

갈라진 목소린들 어떠리
눈물이
조금 묻은들 또 어떠리

정가는 사연 하나 있으면
거미줄 같이 엮어
한 줄 시를 써보는 것도 좋지 않은가

그 글 속에
마음이 놀고 있다면
먼 훗날이 감동일수도 있을게야

희끗희끗한 머리
하루 다르게 녹슬 나이
푸념 같은 것, 허공에 뱉어 봐야
내 하루의 이마 위로 되돌아오더라.

인생이란 것
욕망의 덫에 걸린 허수아비
끓는 가마솥에 떨어지는
한 방울 물 같은 가벼운 존재

때가 되면,
저 하늘 품에 기대있는 산기슭
햇볕 쉬어가는 그곳에
무명옷 한 벌 얻어 입으면 그만이라네

봄바람 때문에

온 가슴 심쿵심쿵
봄바람 때문에

멀리 훌쩍 떠나고파
봄바람 때문에

눈썹 사이 저민 햇살
까닭 모를 눈물 고임

묻어 뒀던 입맞춤
그리워서 보고 싶다

봄꽃 향기 뛰어들어
정신마저 비틀걸음

나는 정녕 봄바람에
취하였나 봐

꽃이 봄에 물들듯
나는 너에게
물들고 싶다

뒤통수

처음 낚싯대를 펼칠 땐
연못의 미소가 따뜻하였다

큰 호수를 접수하고 싶어졌고
낚싯대는 싱글싱글 월척도 낚았다

"내친걸음 바다로 가자"
알량한 자만심, 커진 간덩이

파도가 높았다
피 냄새 물씬 상어 떼가 득실거렸다

힘에 부치는 낚싯대는
휘청거리다 댕강 부러졌고

거친 파도에 뒤통수를 맞는 순간
그 작은 연못이 그리워졌다

하지만 이미 연못도 포화상태
엉덩이 앉힐 한 뼘 공간도 없었다

心機一轉 오늘도 난
부러진 세월의 낚싯대를 수리하고 있다

홀씨

미련이
아플까 봐

이렇게
비 오는 날이면

다 털어 버렸다
생각했는데

빈 가슴
서성이던 그리움

깨알만 한
홀씨 하나 숨어 있었나

가만히
싹을 틔운다

아픈 서랍

항거할 수 없는 힘,
뜻하지 않은 이별
흰 눈이 되어 떨어져 버린 꽃송이

열아홉 꽃나무의 죽음은 너 때문이야
몹쓸 그 바람이 내 가슴에 못을 박았다

난 꽃나무의 기일조차 모른다
가끔 슬픔이 나를 울리면
그날이 용서를 비는 마음의 기일이었다

안개비 내리던 중년의 어느 날
그 꽃나무가 살아있다는 기막힌 소식

소문의 골목길 끝에서 만난 진실
흑흑 거리는 꽃나무, 그 울음소리 뒤에는
듣고 싶지 않은 바람의 목소리가 함께 있었다

아~ 세상에 어찌 이런 일이
그 바람의 거짓말은 꽃을 가로챈 계략이었다
혼미해진 내 정신은 화산처럼 분탕질하였다

소주병이 화해를 청해 왔다
비밀의 상자가 깨어진 것은
죄의식에서 벗어날 수 있어 차라리 잘된 일이라고

늘, 아픔이 살고 있던 첫사랑의 서랍
이제는 가끔 열어 보고픈
그리운 흔적의 폴더로 이동하여 저장되었다

빈 답안지

난 말이야
존재에 감사해

후회 없이
잘 살았느냐고?

그건
그건
아~그렇구나,

답안지를 낼 수 없어
애꿎은 빈 종이만 구기고 있구나

비키니

찜통 여름 파도의 유혹
수줍음 벗어 던진
자유의 밀물
한 뼘 천 조각에 가려진 여신

헤픈 미소 벙글던
내 눈동자의 바쁜 초점
달 엉덩이 야한 걸음 따라
음흉하게 맞춰지는 45도 조리개

속물, 따갑도록 번
아내 눈총에 머쓱한 뒤통수
오늘 밤
안방 문 열기는 다 글렀구나

무아의 날갯짓

어둠의 정열이 방 한 귀퉁이
야한 조명을 안을 때

나른한 반쪽의 숨결을 깨우는
목마른 본능

무아의 날갯짓으로
훨훨

태풍 몰아치는 격정의 밤을
한바탕 마셔버린 달빛

거칠었던 숨소리 붉은 심장에
수줍은 향기 젖어 들면

곤한 몸 가득히 꿀잠이 스며
껴안은 밤은 깊어만 간다

그리움이다

행여
꿈속에서라도

묵은 정
펼쳐나 보았을까

향기로운 울음의
의미라도 깨칠까

아니 잊은 넋두리
그대 향해 달리네

잊어야지 다짐하고
묻어버린 미련

살며시 열어보는 건
몹쓸 기다림인가

아, 그리움이다

오늘도

꽃향기 묻은 아침 바람
살갑게 정을 낸다

한 잔의 커피 향
얼굴 가득 꽃물이 든다

오늘 난 꽃을 팔까

아니야,

만나는 모든 사람에게
맑게 핀 미소를 퍼주어야지

자목련

긴 겨울 폭설에 엉겨
깊이 웅크리고 있더니

봄소식에 여린 입술
자줏빛 루즈를 바른다

몽롱한 분 내음
은밀히 속삭이는 붉은 몸짓

유혹의 손길 뻗어
허공을 감아 도는 뒤태

저만큼 걸어오는 저문 바람
품속을 파고드는데

누구를 기다리는지
그 향기는 새벽까지 잠들지 않는다

봄 소리

홍매화 가지 사이
겨우내 숨어있던
그리움 그 자리 앙가슴 터지는 소리

양철 지붕 두드리는
봄비 소리에
구들에 등 누인 농부 기지개 켜고

봄 햇살 한 아름
밭고랑에 뿌려지고
퇴비 내음 분주히 봄바람 몰고 다닌다

겨울 휴가 종료된
늙은 경운기 기침 소리에
겨울잠에서 깬 씨앗들 긴 여행을 준비한다

유혹의 계절

창문 넘어 들어온 햇살
묻어온 국화 향기

이 좋은 가을날
등짝으로 방바닥만 닦고 있을래요
아내의 하얀 불평

놀란 티브이는 찔끔 눈을 감고
배낭은 슬금슬금
눈치 보며 어깨에 매달리고
신발은 급하게 신발장에서 뛰어내린다

아~ 가을은
이산 저산 불을 질러
아마도
모두를 들뜨게 만드는 계절인가보다

원죄

번개가 하늘을 가르고
거센 천둥소리
정수리에 울리면
졸고 있던 죄의식 하나 꿈틀거리지

노점 할머니
졸음 쏟는 저녁나절
어린 호기심 단감 몇 개 슬쩍,
그 삶의 순수한 피곤을 도둑질한 것을
장난이라며 궁색한 변명으로 버텨 보지만

문 뒤쪽에 숨어 사는 욕심
시시때때로
변덕으로 일렁이면,
작은 허물하나 비껴갈 수 없어
마음은 왠지 모르게 숙연하구나

세이암

새벽 걸음 부지런히
洗耳岩 계곡에 섰다

신라 때 고운 선생
이곳에서 더럽혀진 귀를 씻고
신선이 되었다는 전설
바위에 새겨진 글귀가 전해준다

먼동이 터오는 맑은 시간
때마침 불어오는 산바람에
귓속 깊이 켜켜이 쌓인
이끼 낀 세상 얘기 말끔히 씻어내고

오염된 소리
다시 들어올 공간 없이
맑은 물소리 가득 채워
마음 가벼이 오늘을 걸어가야겠다

5부
바람의 입맞춤

존재의 이유가 목마를 때면

훌훌 털고 여행을 떠나봐

가끔은 툭 놓고 사는 것

더 담백한 내일이 올지 몰라

코뚜레

어디론가 훌쩍 떠나고 싶다

언제나 내 몸을 지배하는
삶의 압박감을 툴툴 털어내고
나와 이야기 하는 시간을 갖고 싶다

목적지 없이
발길 닿는 대로
엉덩이 놓이면 쉬어가고
바다를 품고
파도의 노래를 들으며
지나가는 바람의 호주머니 속
잘익은 향기 얻어 가슴을 살찌우며
그 순간을 사랑하고 싶다

고독도 낙이다
고독이 안겨주는 묘한 감정도
이때만큼은 자유인 것을
해맑은 목마를 타고
하늘에 닿는 마음의 질주
저 지구 끝까지 달려 가보고 싶다

오늘 당장 출발을 할까
아니야, 내일쯤은 어때
자문자답
현실에 멱살이 잡혔다
오늘도,
오늘을 놓지 못해 또 오늘에 이끌려간다
소코뚜레처럼 삶에 꿰인 인생
들녘, 허수아비 허한 미소에 바람이 스친다

달맞이 꽃

왜 이렇게
눈물이 흐를까요

난 기다림의 운명
다음 생에도
어둠에 필 슬픔입니다

기약된 짧은 만남
당신이 서산 너머 지고 나면
텅 빈 허공만을 바라봅니다

순결로 눈감은
하얀 시간 저물어
노을 진 하늘 어둠이 걸어오면

그리움으로 부풀어
노랗게 터진 가슴
천년의 약속인 듯 당신을 기다립니다

당신이 있어

당신이 있어
희끄무레 녹슨 머리카락
사랑의 손길에 물든 오디 색
젊은 가르마의 미소로
빗어 넘길 수 있었습니다

당신이 있어
약지에 끼워진 언약 꽃 빛 바래어
오해가 슬퍼진 사랑
마른 손수건 울어 젖을 때도 있었지만
냉한 서리꽃 피기 전에 말릴 수 있었습니다

당신이 있어
비껴갈 수 없는 이승의 운명
한날한시에 맞을 수 있다면
마주 잡은 손에 고운 땀 고일 때
꽃으로 필 그 해답을 깨달을 수 있을 것 같습니다

새벽바다

처얼썩 처얼썩
무심히 밀려오는 새벽 파도

안고 온 무게 힘겨워
사르륵 부서지는 포말

모래들의 합창 소리
어찌 저리 아름다운가

회색 갈매기 힘찬 날갯짓으로
아침 햇살 퍼 올릴 때

밀려가는 썰물에
어제의 흔적 띄워 보내고

일출에 묻어오는 희망
저 수평선에서 붉게 건져 올린다

대추 사랑

봄 햇살,
대추나무 만지면
거미줄 비켜서고
연초록 날숨이 핀다

앙증스러운 열매들
여름의 속삭임에 안겨
비의 노래를 들으며
토실토실 몸집을 살찌우더니
이윽고 붉은 계절을 몸으로 안았다

주렁주렁 매달린
아삭한 가을
방긋, 얼굴들이 둘러서고
달콤한 과육 입안에서 정을 키운다

한 자루 가득 눌러 담아
손에 들려주는
임의 구슬땀 정성
내 가슴 깊이 들어앉았다

대추보다 더 붉게!

스승

신발장 한구석
몸을 잔뜩 웅크린 사연 하나
풀 죽어 앉아있다

일 미터도 안 되는 작은 도랑
어린 고무신들도
제 자리에서 성큼 넘을 넓이를

꼴에 운동화라고 갖은 폼 다잡고
멀리 뒤로 물러나 돔 닫기까지 했건만

퐁당

못 뛰어넘을 바엔
볼썽 지게 폼은 왜 잡누
질책하는 고무신들의 손가락질에
고개 숙인 채 얽어 매인 운동화

덮어쓴 흙탕물은
겸손 하라는 따끔한 가르침
하지만 아직도 살찌우지 못한 미덕

지금에서 보면
신발은 큰 스승이었구나

좌판

분주히 오고 가는
걸음들을 반기며

갈라져 패인 손
들녘 이야기들을 만진다

덤으로 피는 한 줌 인정
묵은 미소는 햇살이다

다 비운 뒤에야
저 노란 꽃대처럼 서보지

시장 한구석 펼쳐진 좌판
주름 꽃 할미의 웅크린 등에

덥석 업히는 야속한 골목 바람
그 하루가 길기만 하다

홍시 교과서

언제부터인지 모른다
손아귀에 힘이 잔뜩 들어가
위만 바라보았다

높은 곳으로 오르려는 갈망
잃어버린 낮은 자세
마치 담쟁이처럼 손톱을 세웠다

선한 경쟁을 빌미로
옹졸한 비굴함과
선뜻 손잡았는지도 모른다

탁한 도시에 휘말린
갈증 난 탐욕
흔들리는 평정심 장대 끝에서 위태롭고

끝 모를 욕망의 나무 밑엔
모난 돌들만 널브러져
잡초마저 몸이 비틀리는구나

불현듯
빡빡머리 어린 시절 선생님 가르침
이제야 발갛게 익은 홍시가 된다

주어온 낭만

긴 팔 뻗어 바다를 껴안았다
삼척 해양 레일바이크

철로 위를 달리는 밝은 미소들을
몇 방울의 가을비가 기웃거리더니

어깨 위에 걸터앉아 무임승차하다가
바람의 이야기 속으로 숨어들었다

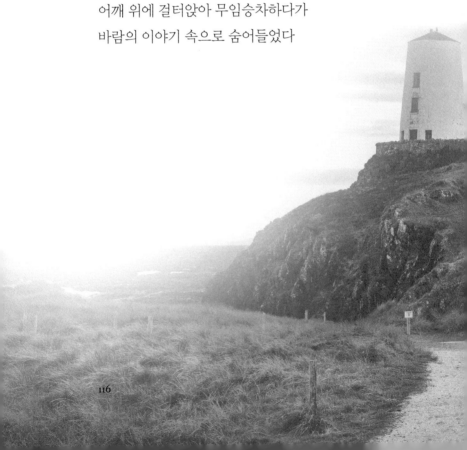

파란 바다 덤벙이며 펼쳐지는 풍경들
그 가슴 넓이를 물어 나르는 갈매기 떼

내 눈 깊숙이 질퍽하게 녹아들어
잠들기 전까지 행복으로 놀고 있다

먼 여로

이대론
못 보내지요

앳된 영혼
바람의 입맞춤

深淵을 마셔버릴 갈증
그 보랏빛 사랑이여

지우려 해도
취한 듯 잊고 살자 해도

스며드는 그리움
나 홀로 다독이는 먼 여로

향기 나는 눈물

기뻐서
너무 기뻐서

주체할 수 없이 흐르는
달콤한 눈물로

펑펑
울어 볼 날이 그 언제쯤일까

저문 밤하늘
티 없이 안겨 오는 달빛 편지에

서러운 맘 띄워 보낼
작은 우표를 정성으로 붙여본다

낡은 가방

처음 만난 그날부터
우린
비릿한 도시를 함께 헤치며
수많은 사연을 가슴에 안았지

마음이 행복할 땐
어깨에 매달려 그네를 타다가
옆구리에 찰싹 붙어 잠이 들고
마음이 슬플 땐
패대기 될까 숨소리조차 가늘게
잔뜩 움츠리고 눈치 보던 너

그날 기억나
너에게 집 한 채 담아 오던 날
우린 한 몸같이 꼭 껴안고
표정으로 내달리는 긴 희열 벅차게 느꼈지
아내의 짐 정리에 버려진 너를 보니
내 몸이 버려진 듯 생각이 많구나

봄

하얀 눈 헤치고 나온 매화꽃,
분홍소리 터트리고

겨우내 기다린
언 가슴에 안겨 오니

이 고랑 저 고랑
달래 냉이 상큼 얼굴 내민다

싱숭생숭
소리 푸른 바람에 녹은 몸

몽글몽글 개나리
샛노란 연서 한 장

아, 봄은 어느새
마음 깊숙이 들어앉았구나

해당화

이름만 지우면
다 잊을 것 같아

파도가 씻어 놓은
티 없는 모래밭에

노을 같은 이름 하나
써 놓았더니

밀려왔다 쓸려가는
해당화 그녀

눈에 새겨진 그 모습
수평선 아래 잠기는데

갈매기 울음에 뜯겨나가는
이 마음, 어이해야 하나요

흑백사진

그 미소 아득히 멀어
난 달을 보며 그 모습 떠올리지

그윽한 눈망울 아련히 멀어
난 별을 보며 그와 눈으로 이야기하지

먹구름 짓궂어 내 눈을 가리면
바람 속에 젖어있는 그의 향기를 더듬지

먹구름 질투하여 세찬 비를 뿌려
보라색 그 향기마저 빼앗아가 버리면

개울가로 가서 살랑살랑 비틀리며 흐르는
그의 걸음 닮은 물결을 따라가지

난 이것을 그리움 꿰매는 일이라 말하지

잃어버린 나를 찾아서

지 은 이 김연봉

1판 1쇄 발행 2019년 5월 24일

저작권자 김연봉

발 행 처 하움출판사
발 행 인 문현광
편   집 곽누리
주   소 전라북도 군산시 축동안3길 20, 2층 하움출판사
I S B N 979-11-6440-031-7

홈페이지 http://haum.kr/
이 메 일 haum1000@naver.com

좋은 책을 만들겠습니다.
하움출판사는 독자 여러분의 의견에 항상 귀 기울이고 있습니다.

이 도서의 국립중앙도서관 출판예정도서목록(CIP)은 서지정보유통지원시스템 홈페이지(http://seoji.nl.go.kr)와
국가자료종합목록시스템(http://www.nl.go.kr/kolisnet)에서 이용하실 수 있습니다. (CIP제어번호 : CIP2019018548)